L'Ecole des Femmes

FichesdeLecture.com

L'Ecole des Femmes (Fiche de lecture)

I. INTRODUCTION

L'École des femmes est une comédie en 5 actes et en vers de Molière. Jouée au théâtre du Palais royal le 26 décembre 1662, cette pièce est considérée par certains comme la première comédie classique française. Son auteur est également considéré comme l'âme de la comédie française. Dès 1962 Molière jouit également de la Protection de Louis XIV, ce qui attire les jalousies des « Grands Comédiens » de l'Hôtel de Bourgogne. Cette même année, Molière se marie avec Armande Béjart, de 21 ans sa cadette et fille de son ancienne maîtresse Madeleine Béjart, plusieurs de ses détracteurs l'accusent d'inceste avec cette jeune femme qui pourrait être sa fille. Bien que la pièce soit un succès elle fait scandale ce qui provoque un enchaînement de pièces en réponse à la précédente telle que la critique de l'école des Femmes en 1963 de Molière ou encore Le Portrait du peintre ou la contre-critique de l'école des femmes d'Edme Boursault.

II. RÉSUMÉ DÉTAILLÉ

Acte 1

La pièce débute par un dialogue entre Chrysalde et Arnolphe, homme d'âge mûr dont la plus grande peur est d'être cocu, ce dernier annonce à son ami qu'il va se marier à Agnès, sa pupille qu'il a placée à l'âge de 4 ans dans un couvent en s'assurant qu'elle ne suive aucune instruction. Pour lui, elle représente l'épouse idéale puisqu'elle a grandi recluse et n'ayant pu être pervertie par le monde extérieur elle ne pourra pas le tromper. Chrysalde reproche à son ami de l'avoir ainsi gardé l'écart de la société. Arnolphe a chargé un valet, Alain et une servante, Goergette de garder Agnès dans une maison. Il décide alors de se faire appeler M. de la Souche, à son retour d'une absence de 10 jours il rencontre le fils de son ami Oronte, Horace qui lui annonce qu'il est tombé amoureux d'Agnès pupille d'un certain M. de la Souche. Horace lui confie naïvement qu'il a profité de l'absence de ce dernier qu'il qualifie de tyrannique et ridicule pour faire la cour à Agnès. Arnolphe, vexé tente de dissimuler son irritation.

Acte 2

Arnolphe reproche sévèrement à Alain et Geogette d'avoir laissé un jeune homme s'entretenir avec Agnès. Il interroge ensuite Agnès, cette dernière lui raconte naïvement leur rencontre et elle le rassure puisqu'elle a toujours sa réputation. Arnolphe décide de précipiter le mariage et en informe sa pupille. Cette dernière, pensant que son futur époux est Horace se montre reconnaissante, mais Arnolphe rompt le quiproquo en lui affirmant que c'est lui son futur époux et lui interdit de revoir Horace.

Acte 3

Dans la préparation de leur mariage, Arnolphe décrit à Agnès les futurs devoirs conjugaux et la met en garde contre les effets de l'infidélité, celle-ci l'écoute sans protester. Rassuré quant à ses projets matrimoniaux, Arnolphe rencontre Horace qui lui explique qu'il n'a pu voir Agnès, les serviteurs l'en ont empêché et Agnès lui a lancé une pierre. Arnolphe se prépare à savourer sa victoire, mais Horace lui annonce qu'une lettre d'amour était attachée à la pierre. Arnolphe, en colère et jaloux, se rend compte qu'il est véritablement amoureux de sa pupille et aimerait qu'elle éprouve les mêmes sentiments que lui.

Acte 4

Arnolphe, déterminé à épouser sa pupille se rend chez son notaire pour rédiger le contrat de mariage et demande à Alain et Georgette de refuser l'entrée d'Horace. Il rencontre ce dernier qui lui avoue qu'il a réussi à s'introduire dans la Chambre de sa pupille, mais que l'arrivée inattendue de son tuteur l'a obligé à se cacher dans l'armoire. Il lui confie qu'ils se sont donné rendez-vous le soir même et qu'il souhaite enlever la jeune fille. Arnolphe, qui veut absolument que son mariage ait lieu, prend des mesures rigoureuses : il ordonne à ses serviteurs de refuser l'accès d'Horace dans la maison et de le chasser à coup de bâtons s'il tente de s'y introduire et isole Agnès. Chrysalde tente de raisonner son ami en vain.

Acte 5

Alain et Georgette appliquent les ordres de leur maître et refoulent violemment Horace, qui, pour éviter les coups, feint d'être assommé, son corps git devant la maison ce qui inquiète Arnolphe. Tout à coup, Horace apparaît devant Arnolphe et il lui explique qu'Agnès a fui pour le secourir et lui a confié qu'elle nous voulait plus retourner chez son tuteur. Ne se doutant toujours pas de la véritable identité d'Arnolphe il lui demande de cacher et protéger Agnès jusqu'à ce qu'il puisse l'épouser. Horace confie Agnès à Arnolphe qui est masqué. Une fois seuls, Arnolphe retire son masque, lui fait une déclaration d'amour maladroite et menace sa pupille de l'envoyer au couvent, mais celle-ci l'écoute passivement puis il la confie à ses domestiques. Horace annonce à Arnolphe la venue de son père et que celui-ci désire le marier avec la fille de son ami Enrique revenant d'un long séjour aux Amériques. Il supplie le tuteur de l'aider et de défendre sa cause en convainquant son père de reporter le mariage. Arnolphe, au contraire encourage Oronte d'organiser le mariage de son fils, Horace apprend que M. de la Souche et Arnolphe sont la même personne et les deux mariages : Arnolphe/Agnès et Horace/Fille d'Enrique sont annoncés.

La dernière scène est un coup de théâtre, Agnès est en fait la fille cachée d'Enrique et la nièce de Chrysalde, les deux jeunes amants vont donc pouvoir s'unir. Oronte et Chrysalde réprimandent Arnolphe lui déclenchant une aphonie, désespéré il quitte la scène.

III. PERSONNAGES DE LA PIÈCE

Arnolphe

C'est la caricature du bourgeois d'un certain âge qui aspire à devenir noble d'où le nom qu'il se donne M. la Souche. Sa plus grande hantise est d'être cocu mais comme il souhaite connaître le bonheur conjugal il a placé sa pupille, Agnès à l'âge de 4 ans dans couvent pour qu'elle soit élevée de manière stricte et maintenue dans l'ignorance. Les sentiments qu'il éprouve pour Agnès sont étranges, d'un côté il est pris d'affection pour une enfant de 4 ans ce qui pourrait être de l'amour paternel et d'un autre côté il décide de la placer dans un couvent pour en faire la femme idéale selon son obsession. Au fur et à mesure de la pièce, il se rend compte qu'il est réellement amoureux d'Agnès et il tente de se faire aimer en retour, mais maladroitement. L'image qu'il a de la femme idéale est réductrice : « de savoir prier Dieu, m'aimer, coudre, filer ». Son ami Chrysalde tente de le mettre en garde sur son vœu d'épouser une « sotte ». Mais Arnolphe est sûr de lui et va apprendre à ses dépens que l'amour ne se commande pas, qu'il ne suffit pas de modeler une femme dès son enfance pour se faire aimer d'elle et jouir d'une union heureuse. Au début son personnage et comique voire ridicule, réduit à user de tous les stratagèmes pour pouvoir atteindre son but : épouser Agnès et se faire aimer en retour. Mais au fur et à mesure des scènes on se rend compte qu'Arnolphe est seul contre tous, isolé dans ses projets, il se montre cruel et devient bourreau en s'opposant à l'union de jeunes personnes qui s'aiment. La solitude d'Arnolphe est triste, ce n'est que lors de la dernière scène qu'il prend véritablement conscience qu'il ne maîtrise rien car rejeté de tous il ne peut plus parler et s'éclipse. Personne alors ne se soucie de lui. Cette solitude est accentuée par le nombre de ses monologues : 11. Avec sa double identité, Arnolphe bénéficie d'une vision omniprésente de l'action, mais on se rend compte qu'il est en retard par rapport à l'évolution des autres personnages notamment celui d'Agnès.

Agnès

Élevée dans l'ignorance dès ses 4 ans et placée dans un couvent par son tuteur. À entendre la description qu'en fait Arnolphe dans la première scène, le spectateur la croit totalement sotte, mais son personnage connaît une évolution tout au long de la pièce. Déjà lorsqu'elle raconte à Arnolphe sa rencontre avec Horace, bien que naïve son attitude change et l'émoi qu'elle ressentit provoque chez elle une certaine curiosité. Elle est à la fois heureuse et timide de découvrir l'amour. Elle se rend compte de son ignorance et acquiert une certaine maturité et assurance qui vont lui permettre de déjouer les stratagèmes de son tuteur. Elle se montre déterminée lorsqu'elle fuit, elle refuse de se plier aux souhaits d'Arnolphe et décide de prendre sa vie en main en écoutant son cœur.

Horace

Fils d'Oronte, ami d'Arnolphe. Il a le même âge qu'Agnès dès le début il se montre aussi innocent, naïf et confiant qu'Agnès. Il raconte sa vie amoureuse sans se méfier à Arnolphe. Il représente l'amoureux transi surtout lorsqu'il tente d'accéder à la chambre d'Agnès avec une échelle et lorsqu'il projette de l'enlever, il ne veut pas seulement la séduire, il souhaite l'épouser. Son amour est sincère et inconditionnel car il est prêt à rompre les engagements de son père en tentant de se soustraire à l'union qu'il a arrangée. Sa jeunesse justifie sa candeur et son impulsivité.

Chrysalde

Ami d'Arnolphe, il met en garde M. de la souche contre son obsession et sa théorie d'un mariage parfait avec une femme sans esprit. Il essaie de le raisonner et de lui montrer qu'il ne peut tout contrôler. À la fin, comme lui conseille de ne pas se marier car le mariage comme Arnolphe l'entend est impossible. Il joue le rôle du moralisateur.

IV. AXES D'ANALYSE

Avec l'École des femmes, Molière rompt avec le théâtre classique et les thèmes traditionnels de la comédie à l'Italienne et il utilise la comédie pour nous dresser un tableau de la société de son époque. La réalité des personnages est saisissante, ce qui provoqué à l'époque plusieurs scandales.

La réalité des personnages et la condition féminine

Molière nous dresse un portait de la condition des femmes de son époque. Si elles ne sont pas mariées et instruites elles n'existent pas, elles dépendent de leur famille puis de leur mari. Il critique ainsi la société en faisant rire et rompt avec les modèles habituels de la comédie, il place une femme au centre de sa pièce, véritable pivot de l'action, l'évolution de son personnage est liée au dénouement de la pièce. Le personnage d'Agnès est considéré comme un plaidoyer pour la femme de l'époque, malgré son innocence elle triomphe et déjoue les projets matrimoniaux de son tuteur.

Elle réalise rapidement qu'Arnolphe profite de son innocence et de son manque d'éducation et elle décide de se jouer de lui comme il l'a fait d'elle. Il lui a fait croire qu'elle était d'origine paysanne et que sa mère l'avait vendue. Se croyant redevable, elle est dans un premier temps passive et semble accepter son destin. Mais l'amour réveille un elle plusieurs sentiments, curieuse elle décide de ne pas se laisser faire et prend son destin en main. Elle désobéit à son tuteur en envoyant un mot d'amour attaché à une pierre, elle le laisse entrer dans sa chambre et enfin va à son secours et prend la fuite. Ce n'est qu'à la fin qu'elle est complètement libérée de l'emprise de son tuteur quand son identité lui est révélée : elle est la fille d'Enrique. Agnès connaît un heureux dénouement puisqu'elle retrouve son père et ses origines et peut épouser l'homme qu'elle aime.

L'institution du mariage confère au père puis au mari un véritable pouvoir de domination sur la femme. Arnolphe abuse ici de ces pouvoirs, il s'est déclaré tuteur d'Agnès et veut la modeler selon ses préceptes pour soit la femme idéale à ses yeux. Il la prive d'éducation, de vie sociale puis de se déplacer, la renvoyant dans sa chambre à plusieurs reprises. Mais ses stratagèmes sont impuissants face à ceux d'Agnès elle il ne peut que la menacer de la placer au couvent, ce qui renforce l'incompréhension entre eux.

Les nouveaux éléments comiques

Les éléments comiques sont les quiproquos : Horace le jeune amant impulsif se confie à Arnolphe qui n'est autre que M. de la souche ou encore le quiproquo entre Agnès et Arnolphe à propos de ce qu'Horace lui a pris, celui fait allusion à sa vertu, tandis qu'elle parle de son ruban. Le schéma des actions se répète : Horace prévient Arnolphe de ses projets, Arnolphe met au point un stratagème pour séparer le jeune couple, Horace triomphe. Ce qui renforce le côté ridicule d'Arnolphe et fait rire le spectateur, mais ses maladresses le rendent aussi attachant.

L'action de la pièce ne se déroule pas sur la scène, en effet comme elle débute en fin de matinée pour se finir le matin suivant le spectateur n'assiste qu'au dialogue des personnages sur ce qui a eu lieu ce qui laisse la place à l'imagination. Le scénario comique est basé sur un triangle amoureux : le mari, la femme et l'amant, il n'y a pas d'intrigue secondaire. Au fur et à mesure de la pièce, le spectateur se prend d'affection pour le jeune couple Agnès/Horace et souhaite qu'il y ait un heureux dénouement pour eux. Mais ce n'est qu'à la dernière scène que l'auteur utilise un coup de théâtre et l'arrivée de deux nouveaux personnages pour que l'amour et la jeunesse triomphent.

Le récit des mœurs et de la façon de vivre que nous décrit Molière constitue un témoignage précieux de son époque. De la comédie Italienne, Molière ne retient que les intrigues entre les amoureux sur un balcon ou l'armoire, les rebondissements et les coups de théâtre. Enfin le titre de la pièce est une invitation, comme si l'auteur voulait donner une leçon aux spectateurs à travers une comédie. C'est grâce à L'école de l'Amour et de la vie que les deux jeunes personnages triomphent et réussissent à déjouer les projets d'Arnolphe.

L'importance du statut social

Molière aborde le thème de l'importance du statut social, il met en avant l'insatisfaction et l'ambition des bourgeois qui souhaitent devenir nobles. Ainsi Arnolphe décide de se faire appeler de la Souche, Chrysalde l'ami moralisateur tente de lui montrer sa vanité. Mais les monologues d'Arnolphe indiquent qu'il est ridicule. En plus de mentir sur son identité, il cache à Agnès son identité en lui faisant croire qu'elle est d'origine paysanne. Molière joue sur l'identité des personnages ce qui entraîne des quiproquos et alimente l'intrigue de la pièce.

Enfin la pièce a suscité beaucoup de réactions au cours de 1663, d'un point de vue littéraire et moral. En rompant avec les règles de la comédie à l'Italienne, Molière créé un genre nouveau et surtout à travers la comédie il critique la société. En faisant triompher l'amour du jeune couple Agnès/Horace il s'oppose à la morale de l'époque et se fait des ennemis chez les défenseurs du mariage chrétien.

Dans la même collection en numérique

Les Misérables
Le messager d'Athènes
Candide
L'Etranger
Rhinocéros
Antigone
Le père Goriot
La Peste
Balzac et la petite tailleuse chinoise
Le Roi Arthur
L'Avare
Pierre et Jean
L'Homme qui a séduit le soleil
Alcools
L'Affaire Caïus
La gloire de mon père
L'Ordinatueur
Le médecin malgré lui
La rivière à l'envers - Tomek
Le Journal d'Anne Frank
Le monde perdu
Le royaume de Kensuké
Un Sac De Billes
Baby-sitter blues
Le fantôme de maître Guillemin
Trois contes
Kamo, l'agence Babel
Le Garçon en pyjama rayé
Les Contemplations

Escadrille 80

Inconnu à cette adresse

La controverse de Valladolid

Les Vilains petits canards

Une partie de campagne

Cahier d'un retour au pays natal

Dora Bruder

L'Enfant et la rivière

Moderato Cantabile

Alice au pays des merveilles

Le faucon déniché

Une vie

Chronique des Indiens Guayaki

Je voudrais que quelqu'un m'attende quelque part

La nuit de Valognes

Œdipe

Disparition Programmée

Education européenne

L'auberge rouge

L'Illiade

Le voyage de Monsieur Perrichon

Lucrèce Borgia

Paul et Virginie

Ursule Mirouët

Discours sur les fondements de l'inégalité

L'adversaire

La petite Fadette

La prochaine fois

Le blé en herbe

Le Mystère de la Chambre Jaune

Les Hauts des Hurlevent

Les perses

Mondo et autres histoires

Vingt mille lieues sous les mers

99 francs

Arria Marcella

Chante Luna

Emile, ou de l'éducation
Histoires extraordinaires
L'homme invisible
La bibliothécaire
La cicatrice
La croix des pauvres
La fille du capitaine
Le Crime de l'Orient-Express
Le Faucon malté
Le hussard sur le toit
Le Livre dont vous êtes la victime
Les cinq écus de Bretagne
No pasarán, le jeu
Quand j'avais cinq ans je m'ai tué
Si tu veux être mon amie
Tristan et Iseult
Une bouteille dans la mer de Gaza
Cent ans de solitude
Contes à l'envers
Contes et nouvelles en vers
Dalva
Jean de Florette
L'homme qui voulait être heureux
L'île mystérieuse
La Dame aux camélias
La petite sirène
La planète des singes
La Religieuse
1984 A l'Ouest rien de nouveau
Aliocha
Andromaque
Au bonheur des dames
Bel ami
Bérénice
Caligula
Cannibale
Carmen

Chronique d'une mort annoncée
Contes des frères Grimm
Cyrano de Bergerac
Des souris et des hommes
Deux ans de vacances
Dom Juan
Electre
En attendant Godot
Enfance
Eugénie Grandet
Fahrenheit 451
Fin de partie
Frankenstein
Gargantua
Germinal
Hamlet
Horace
Huis Clos
Jacques le fataliste
Jane Eyre
Knock
L'homme qui rit
La Bête humaine
La Cantatrice Chauve
La chartreuse de Parme
La cousine Bette
La Curée
La Farce de Maitre Pathelin
La ferme des animaux
La guerre de Troie n'aura pas lieu
La leçon
La Machine Infernale
La métamorphose
La mort du roi Tsongor
La nuit des temps
La nuit du renard
La Parure

La peau de chagrin

La Petite Fille de Monsieur Linh

La Photo qui tue

La Plage d'Ostende

La princesse de Clèves

La promesse de l'aube

La Vénus d'Ille

La vie devant soi

L'alchimiste

L'Amant

L'Ami retrouvé

L'appel de la forêt

L'assassin habite au 21

L'assommoir

L'attentat

L'attrape-coeurs

Le Bal

Le Barbier de Séville

Le Bourgeois Gentilhomme

Le Capitaine Fracasse

Le chat noir

Le chien des Baskerville

Le Cid

Le Colonel Chabert

Le Comte de Monte-Cristo

Le dernier jour d'un condamné

Le diable au corps

Le Grand Meaulnes

Le Grand Troupeau

Le Horla

Le jeu de l'amour et du hasard

Le Joueur d'échecs

Le Lion

Le liseur

Le malade imaginaire

Le Mariage de Figaro

Le meilleur des mondes

Le Monde comme il va

Le Parfum

Le Passeur

Le Petit Prince

Le pianiste

Le Prince

Le Roman de la momie

Le Roman de Renart

Le Rouge et le Noir

Le Soleil des Scortas

Le Tartuffe

Le vieux qui lisait des romans d'amour

L'Ecole des Femmes

L'Ecume Des Jours

Les Bonnes

Les Caprices de Marianne

Les cerfs-volants de Kaboul

Les contes de la Bécasse

Les dix petits nègres

Les femmes savantes

Les fourberies de Scapin

Les Justes

Les Lettres Persanes

Les liaisons dangereuses

Les Métamorphoses

Les Mouches

Les Trois mousquetaires

L'étrange cas du Dr Jekyll et de Mr Hyde

L'Ile Au Trésor

L'île des esclaves

L'illusion comique

L'Ingénu

L'Odyssée

L'Ombre du vent

Lorenzaccio

Madame Bovary

Manon Lescaut

Micromégas
Mon ami Frédéric
Mon bel oranger
Nana
Ne tirez pas sur l'oiseau moqueur
Notre-Dame de Paris
Oliver twist
On ne badine pas avec l'amour
Oscar et la dame rose
Pantagruel
Le Misanthrope
Perceval ou le conte du Graal
Phèdre
Ravage
Roméo et Juliette
Ruy Blas
Sa Majesté des Mouches
Si c'est un homme
Stupeur et tremblements
Supplément au voyage de Bougainville
Tanguy
Thérèse Desqueyroux
Thérèse Raquin
Ubu Roi
Un Barrage contre le Pacifique
Un long dimanche de fiançailles
Un secret
Vendredi ou la vie sauvage
Vipère au poing
Voyage au bout de la nuit
Voyage au centre de la terre
Yvain ou le Chevalier au lion
Zadig

À propos de la collection

La série FichesdeLecture.com offre des contenus éducatifs aux étudiants et aux professeurs tels que : des résumés, des analyses littéraires, des questionnaires et des commentaires sur la littérature moderne et classique. Nos documents sont prévus comme des compléments à la lecture des oeuvres originales et aide les étudiants à comprendre la littérature.

Fondé en 2001, notre site FichesdeLectures.com s'est développé très rapidement et propose désormais plus de 2500 documents directement téléchargeables en ligne, devenant ainsi le premier site d'analyses littéraires en ligne de langue française.

FichesdeLecture est partenaire du Ministère de l'Education du Luxembourg depuis 2009.

Plus d'informations sur www.fichesdelecture.com

Notes :